PENSÉES CHOISIES

D'ÉMILE SOUVESTRE

EXTRAITES DE SES ŒUVRES

PAR

J. DELVINCOURT

FONDATEUR DES ANNALES DU BIEN.

ARLES

Imp. Vve CERF, place du Sauvage, 7.

—

1876

PENSÉES CHOISIES

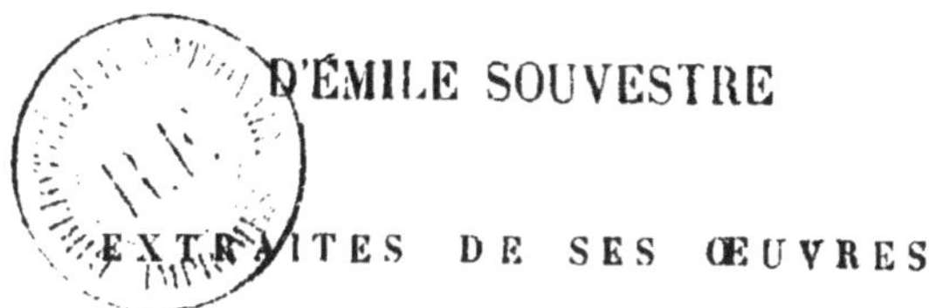

D'ÉMILE SOUVESTRE

EXTRAITES DE SES ŒUVRES

PAR

J. DELVINCOURT

Fondateur des Annales du Bien.

ARLES

Imp. Vve CERF, place du Sauvage, 7.

—

1876

AVANT PROPOS

—

La plume fait journellement tant de mal, qu'il faut admirer, sans réserve, les écrivains honnêtes qui s'imposent la noble tâche d'éclairer les masses, et non de les flatter ni de les corrompre.

Emile Souvestre était l'un de ces hommes d'élite. Tous ses livres portent l'empreinte de la sérénité, de la droiture de son âme. Il savait émouvoir, passionner même, et cependant il n'a jamais sacrifié au mauvais goût, aux préjugés, aux vices de son époque.

Il avait trouvé, auprès d'une compagne digne de lui. cette paix intime si chère au philosophe chrétien qui accepte la vie telle que Dieu l'a faite, et qui se plaît à remplir simplement les devoirs de son état. Son ambition n'allait ni plus haut ni plus loin.

Né à Morlaix, (Bretagne), en 1806, de parents peu fortunés, Emile Souvestre eut à lutter longtemps pour conquérir le pain de chaque jour nécessaire à sa famille. Il aurait pu, sans doute. comme tant d'autres, devenir riche, millionnaire peut-être, en écrivant des romans d'alcove, des vilenies élégantes, mais il ne voulut jamais trahir la sainte cause du bien, aussi occupe-t-il là-haut (il est mort en 1854) une place meilleure, croyons-nous, que celle des romanciers célèbres dont la plume est justement qualifiée de péril social.

Il est étrange que nul autre que nous n'ait encore songé à extraire des nombreux ouvrages d'Emile Souvestre les pensées les plus saines, les plus nobles qu'ils renferment; il n'y a pas grand mérite assurément, nous ne l'ignorons pas, à cueillir des fruits savoureux aux branches d'un arbre qui en est chargé, aussi notre but n'est-il pas de tirer vanité de notre moisson, mais de l'offrir au public, avec cette conviction profonde qu'on ne fera jamais assez connaître les ouvrages bien pensés, bien écrits, et qu'il existe peu de romanciers plus moraux, plus sympathiques que l'honnête homme auquel on doit un *Philosophe sous les Toits* et les *Souvenirs d'un Vieillard.*

Ces deux volumes, dont le premier a été couronné par l'Académie française, suffisent pour faire bénir la mémoire d'Emile Souvestre et illustrer son nom.

J. DELVINCOURT.

N. B. — Nous avons emprunté les extraits qui suivent à l'édition populaire des *Œuvres d'Emile Souvestre*, publiée par Michel Lévy, au prix de 1 fr. 25 c. le volume.

PENSÉES CHOISIES

D'ÉMILE SOUVESTRE.

L'histoire est, pour les contemporains, comme un livre déchiré dont chacun possède une page, mais combien la brûlent ou l'égarent! Si, à toutes les époques, les gens qui *voient* sont peu nombreux, les gens qui *se rappellent*, sont encore bien plus rares, car le souvenir suppose l'intérêt aux choses et le discernement, deux facultés qui font difficilement bon ménage.

****

Quand tous les partis vous ont trompé, comment ne pas envelopper sa femme et ses enfants dans ses bras, en disant : « tout est là ! »

****

Il est rare que l'homme ne se trouve point heureux d'avoir un maître qui pense pour lui. Son indépendance est moins souvent de la dignité que de l'orgueil, et, la plupart des esclaves ne se révoltent que parce qu'on voit leurs chaînes.

*
* *

Les véritables ambitieux savent qu'un grain de sable peut causer la chûte ou la prévenir, et ils ne méprisent rien qu'après le succès

*
* *

L'âme triste est comme un corps malade; ses goûts se dépravent, et le caprice la gouverne tyranniquement.

*
* *

Qui ne connaît le charme attendrissant que donne la mort à tous les souvenirs? Les défauts de celui qui n'est plus s'oublient, parce que nous avons cessé d'en souffrir; nous ne voyons que le vide qu'il a laissé, et, quelque coupable qu'il eût été, nous savons trouver dans sa vie une heure qui fut belle, un sentiment qui fut noble et touchant.

*
* *

La première jeunesse des hommes est païenne, comme la première jeunesse des nations : l'adoration se tourne vers ce qui est visible et saisissable avant de monter plus haut; tant que la réalité garde des mystères, c'est à ces mystères que l'on aspire, et il faut avoir reconnu la vanité de la vie apparente pour en admettre une autre ou pour l'inventer.

.·.

Ce qui frappe chez les hommes d'élite ce n'est pas leur grandeur, mais leur côté humain; c'est par là surtout qu'ils nous appartiennent. Le Christ intéresse bien moins par ses miracles que par le cri qu'il jette à son père dans le Jardin des Oliviers, lorsqu'il lui demande d'éloigner de lui le calice.

.·.

Les souvenirs de pauvreté que laissent les premières années ont une grâce touchante qui attendrit sans attrister. Qu'importe, en effet, ce que l'on a souffert alors que l'on savait chanter, dormir et attendre? La jeunesse!... c'est le rayon de soleil qui fait rire la prison, c'est la fleur qui égaye la fenêtre sans rideaux du pauvre; c'est la lumière et le parfum, l'espérance et la joie!

.·.

Les haines politiques sont des erreurs d'optique de l'esprit: de loin on voit seulement l'idée, et l'on déteste l'homme qui la défend; mais, en approchant l'homme reparaît et l'idée devient un habit qu'on lui pardonne. Ce sont les natures et non les opinions qui font les irréconciliables ennemis.

*
* *

Ceux-là seuls dont la vie s'écoule au milieu des villes, peuvent sentir les charmes secrets de la campagne. Que pourrait-elle dire à l'homme qui marche tous les jours sous ce ciel ouvert, qui foule aux pieds, à son insu, la marguerite du sentier, qui respire cette fortifiante haleine de la colline sans en sentir les parfums ! Ah ! pour distinguer tous les rayonnements de l'œuvre divine, il faut avoir vécu loin de sa vue, emprisonné dans le silence de l'étude, faisant sa société de livres, ces morts qui ont gardé une voix ! C'est alors que le bleu du ciel et la verdure des bois se reflètent au fond de vous; que la senteur des herbes fânées vous énivre; que le vent des hauteurs, le murmure des feuilles et le grondement des eaux gonflent votre poitrine ! C'est alors que, plein d'une joie attendrie, on voudrait répondre à l'oiseau qui chante, appeler le moucheron qui passe, se noyer dans les herbes ondoyantes, confondre enfin son être avec tous les bruits, toutes les ombres, tous les parfums.

*
* *

Les cœurs qui se livrent sans remords à toutes les

passions, qui les essaient et les rejettent pour en accepter de nouvelles, ne peuvent comprendre la puissance d'un unique amour. Vases ouverts et sans résistance, tout s'en échappe dans un premier bouillonnement, mais les cœurs forts et sévères se referment sur leurs affections et n'en laisssent rien perdre. C'est là qu'elles grandissent comme les sources amassées dans les profondeurs des montagnes, et qui sont des fleuves lorsqu'on les voit paraître au jour.

*
* *

Ce ne sont pas les vainqueurs, mais les martyrs qui fondent les croyances. Si le dévouement était toujours heureux, la religion du devoir ne serait que le culte des intérêts.

*
* *

La brise de mer est d'une nature purifiante; comme l'air des montagnes, elle produit une sorte d'excitation salutaire; après l'avoir respirée, on se sent plus d'activité, plus d'initiative; la grandeur du spectacle réagit en dedans et communique à l'être intérieur son énergique gravité.

*
* *

Le bonheur de ceux que nous aimons est comme

l'encens qui s'élève à l'autel : on ne le brûle pas pour nous, mais nous en partageons le parfum.

*
**

Sainte et généreuse compassion pour les petits ! que deviendrait sans elle la race humaine ? L'amour est passager, l'amitié se lasse ; à mesure que l'homme avance sous le poids de la vie, son cœur se tarit et se corrompt comme les eaux exposées à l'ardeur du midi ; seule, la tendresse pour l'enfant reste immuable, seule elle entretient la source appauvrie du dévouement.

*
**

C'est en réunissant les petits efforts qu'on arrive aux grands résultats ; chacun de nos doigts est peu de chose, mais réunis ils forment la main avec laquelle on élève des maisons et on perce des montagnes.

*
**

Le bien qu'on pense sur notre compte, nous oblige le plus souvent à le mériter.

*
**

Les occupations forcées de la vie détournent les hommes de leurs projets les plus sincères ; quand on

à un métier, il faut ajourner son chagrin après l'ou-
vrage, et le travail vous console ainsi, peu à peu,
malgré vous. Mais l'enfant a tout son temps, et s'il se
rappelait sa peine, il la retournerait dans son cœur
sans relâche ni distraction jusqu'à en mourir. Dieu
n'a pas voulu l'énerver par de telles épreuves ; il a
pensé qu'il avait besoin de toutes ses forces pour gran-
dir, qu'il fallait laisser au feu de la vie le temps de
s'allumer avant d'y ajouter l'amertume des larmes,
et il lui a donné l'oubli, commme il lui a donné la
faim, pour qu'il pût prendre des forces et devenir un
homme.

Tout ouvrier qui ne se plaît pas à son œuvre est
hors de son chemin. Dieu ne l'a pas destiné à la tâche
que le hasard lui a donnée. Pour faire valoir les gens
et les choses, la première condition est de les avoir à
gré.

Dans le bien comme dans le mal, ce sont les pre-
miers pas qui décident de la route ; une habitude est
quelquefois impossible à vaincre, mais presque toujours facile à éviter.

On dit que le monde est méchant, que les bons sont

devenus des espèces de merles blancs impossibles à trouver; mais ceux qui le répètent ne les cherchent pas, et le plus souvent ne s'en soucient pas. Pour ma ma part, je n'ai jamais passé un jour sans recevoir de quelqu'un une bonne parole ou un bon service. Par malheur, il y a des gens qui ne tiennent compte que du mal qu'on leur fait et qui reçoivent le bien comme un paiement en retard : c'est presque toujours parce qu'on est trop content de soi qu'on est si mécontent des autres.

**

Recevant l'enfant à sa naissance, présidant à ses impressions premières et lui montrant, avant aucun, les chemins de la vie, la mère est, en réalité, une institutrice toute puissante qui décide des principes et des habitudes. Si elle transmet le plus souvent à son fils son tempéramment et ses traits, elle ne lui communique pas moins la physionomie de son âme. Il semble que les germes bons ou mauvais, conservés au dedans d'elle-même, se développent dans l'enfant élevé par ses soins et c'est surtout dans ce sens qu'il est sa récompense ou son châtiment.

**

La vie ressemble à un bal : quand on est trop vieux

pour danser, on regarde les autres, et leur joie vous
rit dans le cœur.

* *

Je me suis quelquefois demandé dans mes mauvai-
ses heures, quel profit on trouvait à bien vivre; main-
tenant il en est un, au moins, que je connais, c'est de
pouvoir impunément vieillir, Jeune, il en coûte, par
instants, de faire son devoir, on trouve la tâche lourde
et la journée longue; mais plus tard, quand l'âge a
refroidi le sang, on récolte ce que l'on a semé. Nos
efforts nous sont payés en bonne réputation, en aisance,
en sécurité, et notre bien-être devient lui-même
comme un certificat d'honneur.

* *

Les vices d'un simple particulier ne nuisent qu'à
lui-même, mais ceux d'un prince peuvent rendre un
peuple entier misérable.

* *

Quiconque croit pouvoir contenter ses désirs par la
possession ressemble à celui qui voudrait étouffer du
feu avec de la paille.

* *

Les aveugles, dans ce monde, ne sont point ceux

qui ne voient pas le soleil, mais ceux qui ne voient pas le devoir.

.·.

Quand on dit que les hommes de dévouement ne sont pas ici-bas les plus heureux, on se trompe le plus souvent, et l'on confond le bonheur réel avec ses apparences; pour être vrai, il faudrait dire seulement qu'ils ne sont ni plus riches, ni plus puissants. Qui n'a, au moins une fois en sa vie, tiré parti d'un acte honorable qu'il croyait oublié? Et n'est-ce donc rien que cette fraternité qui s'établit entre toutes les âmes honnêtes, et qui vous assure, après une bonne action, l'appui de ceux qui sont capables de vous comprendre et de vous imiter? Il ne faut pas être bon, dans l'idée d'une récompense, car ce serait faire l'usure avec son cœur; mais sans prétendre au payement du devoir accompli, on peut espérer que l'on trouvera chez les autres le dévouement qu'ils ont trouvé chez nous, et que, à l'occasion, on moissonnera un peu de reconnaissance là où l'on a semé beaucoup de bienfaits.

.·.

Un caractère envieux et mécontent est pour l'homme une cause perpétuelle de souffrance; c'est un poison jeté sur ses plus douces joies, une épine attachée à sa chaussure, et dont il sent la piqûre à chaque nouveau pas dans la vie.

**

Celui qui nous a créés a proportionné les épreuves aux forces de chacun. Ne vous plaignez pas d'être moins heureux que les autres, car vous ne savez pas ce que souffre le voisin, toutes les croix sont lourdes; ce qui les rend légères, c'est la patience, le courage et la bonne volonté.

**

La corruption de l'esprit peut nous rendre insensible à la douleur morale; nous réussissons à ne pas y croire ; mais la douleur physique affecte nos sens malgré nous ; les paradoxes ne peuvent cuirasser les nerfs comme ils cuirassent l'âme; on souffre en voyant souffrir, et on sent le besoin de soulager celui qui se plaint, ne fût-ce que pour se soulager soi-même.

**

Partout où l'industrie a entassé de la matière humaine dans ces cloaques infects que nous appelons des villes, la corruption n'a pas tardé à s'y mettre. L'accroissement des salaires, si imprudemment demandé par quelques hommes de bon vouloir, ne changerait rien à cet état de choses: avec la moralité

actuelle des classes inférieures, l'accroissement des
salaires ne serait pour l'ouvrier qu'un moyen de mieux
nourrir ses vices. Le mal est plus profond : il ne tient
pas seulement à une question d'économie politique,
mais à la constitution de la société entière.

* *

Il ne faut jamais désespérer ni de la destinée, ni
de l'âme humaine ; les plus tristes positions peuvent
se relever avec du courage, et les cœurs les plus
vicieux se purifier par le travail.

* *

Il est rare que l'on puisse quitter froidement les
lieux que l'on a longtemps habités. Quelque triste que
soit un séjour, il s'est établi, à la longue, une sorte
d'appropriation de ce qui nous entoure à nos inclina-
nations et à nos besoins; les liens de l'habitude forment autour de nous une sorte de réseau que nous ne
pouvons plus briser qu'avec effort. Le lieu dans lequel
on reste longtemps donne à l'âme, comme au corps,
des attitudes que l'on quitte avec peine. Changer
d'habitation, ce n'est pas seulement déplacer l'horizon
qui frappe nos yeux, c'est abdiquer un passé, recom-
mencer à voir, à observer, à choisir !

Et qui sait ce qu'il y a à craindre ou à espérer, en
déménageant ainsi sa vie? Tout changement ouvre

devant nous cette grande nuit de l'inconnu que les
plus hardis ne peuvent regarder sans épouvante ; et,
près de rentrer dans la liberté qu'il a rêvée si belle,
le prisonnier lui-même se tourne, avec une incertitude
attendrie, vers le cachot qu'il va quitter.

**

Dieu n'a point affligé les hommes de tant de fléaux
sans intention. Heureux et invunérables, ils se seraient
endurcis, chacun eût compté sur sa force individuelle,
se fût complu dans son isolement, et eût été sans
sympathie pour son semblable. La faiblesse a, au contraire, forcé les hommes à se rapprocher, à se secourir, à s'aimer ; la douleur est devenue un lien ; c'est à
elle que nous devons les plus nobles et les plus doux
sentiments : la reconnaissance, le dévouement, la
pitié !

**

La société, en isolant la femme de la dure pratique
des affaires qui peut à la longue endurcir l'âme, lui a
donné la garde des instincts les plus délicats et les plus
doux.

**

Il faut cultiver son cœur et son intelligence, non

pour le profit, mais pour le devoir, car la joie ici-bas n'est qu'aux âmes simples.

*
* *

La volonté de l'homme, quand elle n'a plus de frein, passe de l'orgueil à l'extravagance, à la tyrannie, et de la tyrannie à la cruauté.

*
* *

L'homme ressemble à un vaisseau dont les passions sont les voiles! livrez-les aux vents du monde, et l'homme se précipitera, emporté à travers tous les courants et tous les rescifs; mais faites-les carguer par le bon sens, la navigation deviendra moins dangereuse; jetez enfin à la place choisie l'ancre de l'habitude, et vous n'aurez plus rien à craindre.

*
* *

L'affliction ressemble à nos breuvages amers, le mieux est de la boire d'un seul trait; les pauses et les retards multiplient la douleur en la divisant.

*
* *

L'âme humaine est une sorte de daguerréotype moral; entourez-la d'images d'ordre et de dévouement, de courage; illuminez-la par le soleil de la tendresse, chaque image se décalquera d'elle-même et restera à jamais imprimée.

* *

L'homme ne vit pas seulement de pain, c'est-à-dire de ce qui est nécessaire à la vie matérielle. Il lui faut de plus tout ce qui nourrit l'âme; il a besoin de la science, des arts, de la poésie Ce qu'on appelle les choses inutiles sont précisément celles qui donnent du prix aux choses utiles; celles-ci entretiennent la vie, les autres la font aimer. Sans elles, le monde moral deviendrait semblable à une campagne sans verdure, sans fleurs et sans oiseaux. Une des sérieuses différences qui distinguent l'homme de la brute est précisément ce besoin d'un superflu immatériel. Il prouve nos aspirations plus élevées, notre penchant vers l'infini, et l'existence de cette portion de nous-mêmes qui cherche sa satisfaction au-delà du monde réel, dans les suprêmes joies de l'idéal.

* *

Il y a, dans le cœur des femmes, une sève naturelle qui se communique à toutes les aspirations et les pousse aisément à l'extrême : Jeunes filles, elles rêvent dans celui qui doit un jour leur donner son nom des mérites impossibles; jeunes mères, elles

dotent d'avance leurs enfants de toutes les perfections
que les vieux contes accordent aux filleuls des fées.

*
* *

Au moment des adieux, le voyageur arrête ses
regards sur ce qu'il va quitter; il fait la revue des
témoins de son bonheur ou de son affliction; il prend
successivement congé de chaque être, de chaque objet
associé à lui par l'habitude; il rassemble, pour ainsi
dire, dans cette dernière entrevue, tous ses compa-
gnons d'existence; il écoute mieux leurs voix, il exa-
mine plus soigneusement leur apparence, il en prend
une dernière fois possession par tous les sens, afin
d'en emporter une image plus complète. Et ce redou-
blement d'attention, il ne l'a pas seulement pour ce
qui l'environne, mais pour lui-même : il s'observe plus
sévèrement, afin de ne laisser et de n'emporter que
de bons souvenirs; il s'étudie à éviter ce qui pourrait
altérer la douceur attendrie de ces derniers instants,
impatiences, abattements, plaintes, larmes ou volontés tyranniques; il parle avec une affection plus cares-
sante à ceux dont il va se séparer, il leur ouvre les
points les plus obscurs de son cœur; il cherche des
joies, là où il ne trouvait qu'indifférence et mécon-
tentement ; il recueille enfin, avec une patience

résignée, les dernières miettes de ce festin presque desservi dont la nappe va être bientôt enlevée.

.·.

La vieillesse est la couronne de l'âge mûr, couronne verte ou épineuse, selon qu'elle arrive comme une récompense ou une punition.

.·.

Oh ! qui pourrait dire ce morne changement du foyer à l'heure du veuvage! C'est surtout quand le premier désespoir s'apaise, lorsque rentré en possession de soi-même on peut regarder et comprendre..! Oh ! que de doux ressouvenirs qui se transforment en tortures ! avec quelle persistance acharnée on recompte pièce à pièce le trésor disparu ! Comme on regrette les journées perdues, les fugitives querelles ! Combien de remords d'avoir quelquefois affligé celle qu'on ne peut plus réjouir ! Ah ! pourquoi l'idée de sa séparation ne nous revient pas aux heures moroses, quand notre patience se lasse, quand notre indulgence est en défaut ? Pourquoi, au moment de faire couler une larme, ne pas nous dire : « Je dérobe au bonheur un moment qui ne renaîtra plus; je frappe un condamné à mort. »

Quelle plus cruelle infirmité que l'ambition qui nous tient nuit et jour haletants autour de ce mât de cocagne du succès ? que l'amour qui nous rend esclaves ou la haine qui nous rend tyrans ? que la paresse qui nous dit à une oreille : « reste et dors ! » tandis que la nécessité crie à l'autre : « réveille-toi et debout ! »

.·.

Le regret est le fonds de l'âme humaine : pour qu'une chose plaise, il faut l'avoir perdue. On pleure l'enfance dans la jeunesse. la jeunesse dans l'âge mûr, l'âge mûr dans la vieillesse, et comme celle-ci termine tout, on n'a pas le loisir de la regretter.

.·.

La vieillesse me rit, parce qu'elle m'a rapporté, avec l'indépendance qui récompense le travail, l'expérience qui nous apprend à en jouir, la modération qui nous économise les joies, le loisir qui nous les fait savourer.

.·.

Aimer, c'est connaitre tout ce qui fait qu'un autre nous ressemble par l'âme; c'est estimer avec tendresse, se confier avec sécurité ; c'est trouver à la fois un confident, un conseiller, un soutien ; c'est aspirer enfin à devenir meilleur en se complétant.

**

Une lettre a toujours eu pour moi je ne sais quel invincible charme. Je ne puis regarder cette feuille pliée que renferme un cachet fragile, sans penser qu'il y a là quelque chose d'une âme humaine, un fugitif rayonnement de vie qui a traversé l'espace pour arriver jusqu'à moi...., Si les lettres sont un plaisir pour tous les âges, elles sont plus particulièrement la ressource des vieillards condamnés au repos ; ils n'ont que ce moyen de visiter les absents.

**

Dans la domesticité ordinaire, il semble que le maître ait seulement des droits, le serviteur seulement des devoirs ; d'où il résulte que le premier tend toujours à l'abus, le second à la révolte.

**

Nos domestiques ne sont habituellement que les complaisants ou les victimes de nos travers.

**

La jeunesse est un noviciat forcé où tems, volonté, intelligence, tout est la propriété du maître. La

virilité nous impose des devoirs de chaque instant ;
l'âge mûr alourdit le fardeau des responsabilités ;
la veillesse seule est véritablement libre. Le monde
dont nous étions esclaves, signe enfin notre affranchis-
sement. A nous les longs sommeils, les promenades
sans but, les causeries interrompues, les lectures ca-
pricieuses, les heures perdues à l'aise ; nous n'avons
plus là, à notre porte, les six jours de la semaine
criant comme la Barbe-Bleue du conte populaire :
« Descendras-tu là haut ? »

*
* *

Les espoirs d'héritage sont trompeurs ; on marche
nu-pieds pendant vingt années en attendant les souliers
d'un mort, et quand on accourt pour les chausser, on
les trouve parfois aux pieds du voisin.

*
* *

Il y a dans le bonheur des jeunes années quelque
chose de violent qui précipite la sensation, je ne sais
quoi d'excessif qui met une saveur âcre au fond même
du plaisir. Livré à la fiévreuse activité du sang, on ne
s'arrête point aux joies, on les traverse. Il y a un prin-
temps de la vieillesse qui est la véritable prise de possession des jouissances paisibles ; jusqu'à elle, on a

dépensé en prodigue, alors enfin on arrive à connaître
la monnaie du bonheur.

..

Que d'autres se fassent stoïques à la manière de
Cratès, qu'ils n'accordent rien à la *guenille* dont Dieu
a pourtant fait le vêtement d'une essence immortelle,
nous oserons nous écrier avec le bonhomme Chrysale :
« Guenille est fort bien dit ; mais guenille m'est
chère ! » Avant qu'elle retourne à la terre, nous ne
lui refuserons aucuns des innocents bien-être qui peuvent la réjouir et retentir jusqu'à l'âme en joyeux
échos. Dieu n'a-t-il pas dressé lui-même devant nous
la création comme un éternel festin ? Ne nous a-t-il
pas dit : « Sème le grain et je te donne l'épi ; greffe
l'arbre, le fruit mûrira pour toi ; fouille les forêts ou
les eaux, et tout ce qu'aura surpris ton adresse
t'appartiendra. » — Jouir est la récompense d'acqué-
rir. Usons donc sans remords de ce que nous devons
à notre labeur. O dernières journées ! Non, je ne vous
dépouillerai pas de ce que Dieu vous a laissé, je ne
vous ferai pas plus moroses qu'il ne vous a faites ; mais
je rappellerai toutes les joies qui vous connaissent
encore pour qu'elles dansent en chœur à la clarté de

votre soleil couchant, et vous accompagnent jusqu'au soir de leurs douces chansons.

*
**

Il est très-rare qu'on sache sortir de ses préoccupations personnelles pour se placer au milieu des réalités du monde et apprécier les gens d'après leur aptitude à y satisfaire.

*
**

Ne pouvons-nous donc pas comprendre que ce monde est une vaste machine sortant d'une main surhumaine qui a donné à chaque partie une fonction et non un privilége? Pourquoi les roues orgueilleuses qui conduisent le mouvement reprocheraient-elles aux mille branches d'acier destinées à le recevoir le cuivre qui les orne et l'huile qui adoucit leurs efforts?

*
**

Les égards, même dans leur excès, habituent à respecter les autres et à rester maître de soi-même. On dit que la politesse est le semblant de la bienveillance, mais alors la grossièreté est le semblant de l'aversion, et, grimace pour grimace, je préfère celle qui me rit à celle qui m'offense. Il y a d'ailleurs dans la politesse plus qu'une apparence; c'est, comme son nom l'indique, un certain *poli* dans les habitudes,

dans les manières; grâce auquel les relations de la
vie se rencontrent sans brisements.

.·.

Non, non, Dieu n'a pas fait la vie plus lourde que
nous ne pouvons la porter. Il y a semé assez de douceur pour en faciliter les devoirs; aussi, quand nous
paraîtrons devant lui, ne croyons pas qu'il suffise de
répondre comme cet homme à qui l'on demandait ce
qu'il avait fait pendant la Terreur. — « Rien, j'ai
vécu ! »

.·.

Si dans le contrat entre le maître et le serviteur,
tout n'est pas réglé d'avance et inamovible, la domesticité n'est plus une fonction, mais une servitude; au
lieu de remplir des devoirs, on obeit à des fantaisies.
La règle seule détermine équitablement ce que l'un
doit faire et ce que l'autre a droit d'exiger. Elle est
une sauvegarde pour tous deux, car elle prévient, en
même temps, la négligence et le caprice. L'affaiblis-
sement de la dignité et du sens moral chez les serviteurs vient surtout de l'incertitude de leurs devoirs;
en cessant de s'appartenir, ils se désaccoutument de
la responsabilité; ce sont des volontés en lisière qui,
faute de marcher seules, ne peuvent plus faire un pas
sans chûte.

La reconnaissance est une dette dont le chiffre reste
en blanc, si bien que le débiteur et le créancier s'entendent rarement sur ce qui est dû.

*
* *

Mon devoir est de garder malade le serviteur que
j'ai gagé bien portant; j'ai profité de ses forces, je dois
subir la gêne de ses infirmités. Ceci n'est point de la
générosité, c'est de la justice, et vous n'avez pas le
droit de m'empêcher d'être juste.

*
* *

L'homme n'est point une plante qui doit végéter
attachée à une racine sans mouvement, ni un cheval
aveugle attelé jusqu'à la mort à la meule qui broie le
blé destiné au pain du corps. Il faut aussi qu'il songe
au pain de l'âme; qu'il prenne le temps de féconder
son cœur, d'ouvrir les yeux à son esprit.

C'est à cela surtout que doit servir la vieillesse;
après avoir fait sa journée de labeur, il faut employer
le soir aux récréations spirituelles, aux loisirs affectueux, à cette étude de l'impalpable et de l'invisible
qui est aussi certainement que la terre et l'océan une
partie de l'héritage d'Adam.

*
* *

L'humilité est la meilleure sauvegarde des

humiliations, outre que c'est véritablement le sentiment qui convient à l'homme et surtout à un
vieillard.

* *

On n'est mécontent des autres que parce qu'on
s'estime trop haut ; nous voudrions que le genre
humain fût uniquement occupé de notre conservation
comme de celle d'un trésor sans prix. La première
condition pour ne se plaindre de personne, c'est de ne
point se surfaire et de penser que là où l'on cherche
la matière d'un administrateur, d'un magistrat, d'un
général, il n'y a bien souvent que l'étoffe d'un chiffon-
nier.

* *

Vieillir, quand on ne voit rien au delà de la terre,
c'est assister, heure par heure à sa ruine ; mais pour
celui qui a placé ses richesses ailleurs, vieillir c'est
approcher du jour où tout l'arriéré qu'on nous doit
sera payé au centuple.

* *

Le service rendu a bien moins de prix par lui-
même que par la façon de le rendre. Le verre d'eau
offert avec une douce parole laisse plus de souvenirs
que le sang versé pour vous de mauvaise grâce. Ce

qui attache dans le don, c'est sa spontanéité. Le bienfait marchandé ne laisse le plus souvent que la douleur d'avoir dû l'accepter.

*
* *

On peut se confier à nous autres vieillards, sans rougir, parce que nous avons tout éprouvé; avec sécurité, parce que nous sommes entrés dans le calme du soir. Le tems a fait en notre faveur ce qu'un effort surhumain peut seul faire pour le prêtre qui confesse. Nous n'avons plus ni sexe, ni intérêts mondains, ni flammes cachées; tout notre être est rentré dans l'apaisement, et nous nous trouvons désormais dans une neutralité consciente au milieu de tous les débats de la terre.

*
* *

La vie journalière a besoin d'une morale terrestre, c'est le pain grossier, mais quotidien dont vit le plus grand nombre. Quand Dieu a fait mûrir la moisson qui le fournit, la main d'un travailleur de bonne volonté le pétrit pour la foule.

*
* *

Les mères oublient trop souvent qu'il faut tremper leurs enfants dans le Styx! On croit travailler à leur bonheur en faisant le nid maternel bien doux; et,

quand il faut en sortir, une goutte de pluie les endo-
lorit, une graine moins mûre leur ôte l'appétit , un
brin de paille les empêche de dormir.

.·.

Dans toute position et avec les plus humbles ressources, l'association des forces fait l'aisance, et l'association des volontés le bonheur.

.·.

Présumer trop facilement le mal, c'est moins prou-
ver la perspicacité que la malveillance.

.·.

Une absence est toujours une épreuve, une sorte
de jeu de hasard; quand on n'est plus là, il semble
que tout devient danger pour ceux que l'on aime.

.·.

L'expérience ne profite qu'à ceux qui veulent la
consulter, et l'on peut dire que les aveugles sont ceux
qui ne veulent pas voir.

.·.

La nécessité qui aiguise les intelligences actives et

redouble les véritables courages, écrase au contraire les âmes faibles et paresseuses.

*
* *

La piété peu éclairée abandonne sans cesse à la Providence ce que Dieu confie à la prudence humaine, et fait de l'existence une servitude soumise à mille volontés fatales et inévitables.

*
* *

Resserrez vos désirs dans les limites de votre domaine; c'est la modération des vœux qui fait l'abondance des ressources; il faut à l'homme peu de chose et pour peu de temps.

*
* *

La réputation d'un homme ressemble à ces rayons de soleil qui traversent des vitrages de teintes différentes : elle prend toujours la valeur de celui qui vous la transmet.

*
* *

Les plaisirs du monde ont ce danger; ils ne peuvent satisfaire et dégoûtent des autres.

*
* *

Il en est des idées comme des semences, beaucoup

tombent là où il n'y a pas encore de terre et dorment longtems stériles; mais à la longue quelques grains de poussière peuvent la recouvrir par hasard, le germe brise son enveloppe et produit une moisson !

Nous sommes ingrats vis-à-vis de nos serviteurs, leurs défauts nous irritent et nous leur imposons les nôtres; nous condamnons sans pitié leurs vices, et nous ne leur permettons pas même de croire que nous en ayons; nous recevons leurs services journaliers sans remarquer ce qu'ils peuvent y mettre de sensibilité, oubliant que ceci est un don gratuit.

C'est le privilége des amitiés qui ne se fondent pas sur la ressemblance des intérêts, mais sur la communauté des principes, de n'avoir rien à craindre de la séparation ni du tems. Les champs peuvent être éloignés l'un de l'autre; quand le fonds se ressemble et qu'on y a enfoui la même semence, ils produiront, au même instant, la même moisson.

On se rappelle les dernières paroles de celui qui ne doit plus rien dire; ses conseils restent recommandés par l'attendrissement de l'éternel adieu, et l'esprit le plus rebelle aux vivants, fait toujours quelques concessions aux morts.

.*.

Celui-là seul disparaît tout entier de la terre qui n'a tracé aucun sillon dans le champ humain ni dans les cœurs.

.*.

La nature entière est un immense foyer dont tous les rayons aboutissent à l'âme humaine; quelque soit celui que notre œil saisit, en le suivant on est infailliblement ramené à soi-même; ce que nous regardons au dehors nous conduit à regarder au dedans.

.*.

Le perfectionnement du foyer domestique est un des caractères les plus évidents de la civilisation. Il constate l'attachement de l'homme au lieu et à la famille, l'habitude des devoirs journaliers, le besoin des joies honnêtes.

.*.

Les connaissances sont fournies par le hasard, les amis sont la récompense du dévouement. Cherche avec le cœur dans la foule, offre-toi généreusement à quiconque aura besoin; tôt ou tard tu verras une main s'étendre vers la tienne et une âme s'offrir à son tour. N'imite pas ces hommes qui, renfermés dans leur personnalité comme dans une citadelle et indifférents à tous ceux qui passent, crient mélancoliquement aux quatre aires de ciel : « Il n'y a point d'amis ! » — Il y en a, sois-en sûr, mais pour ceux qui fouillent, pour ceux qui ne se contentent pas de tisser leur vie dans un coin comme une toile d'araignée destinée à prendre le bonheur.

*
* *

La terre est notre première amie; c'est sur son giron que les sociétés ont grandi. Tout ce qu'elle produit flatte nos yeux ou sert à nos besoins; aussi sa vue a-t-elle pour l'homme de perpétuels enchantements. Qu'il regarde la moisson qui ondule, la forêt qui se dresse ou la fleur qui parfume, il sent son cœur s'ouvrir devant cette gigantesque corne d'abondance d'où sort à flots incessants ce qui charme et ce qui enrichit.

L'histoire constate que les peuples cultivateurs ont toujours eu des instincts plus doux, des mœurs plus hospitalières; ils le doivent surtout à l'influence attendrissante de la création qui, en donnant sans cesse, entretient au fond des âmes une sorte de contentement interne et de reconnaissance confuse

*
* *

La sagesse n'est pas de faire son devoir, c'est de l'accepter.

.·.

La résignation n'est, trop souvent, qu'un commencement d'abandon de soi-même, une soumission passive à la volonté suprême, une sorte d'acheminement à la langueur qui naît du fatalisme. Se résigner, c'est se reconnaitre faible, c'est plier! Accepter au contraire, c'est donner une libre adhésion, c'est se soumettre gaiement et sans défaite.

.·.

Accomplir la tâche sans résistance ne suffit pas, il faut s'y complaire.

.·.

Les humbles destinées sont comme les petits royaumes, on les gouverne plus facilement et l'on craint moins les révolutions.

.·.

Le monde est un livre dangereux pour qui doit l'épeler sans maître, avec son inexpérience et ses passions : au lieu de lire ce qui s'y trouve, nous y lisons le plus souvent ce que nous voulons y voir, et, faute de guide qui nous reprenne, nos préventions deviennent des jugements et nos erreurs des principes.

L'homme qui travaille sous le ciel, respirant à pleine poitrine l'air vivifiant des campagnes, et les yeux toujours frappés par les prodigalités de la nature, ne sent autour de lui aucun des malaises, en lui aucune des amertumes qui assombrissent le travailleur des villes. Son existence passe librement, comme l'air des vals, coule doucement comme l'eau des ruisseaux; aussi la vie champêtre, point de départ des sociétés, est-elle encore l'espérance de tout citadin vieilli.

**

Qui ne s'est ému devant les enthousiasmes inattendus des vieillards? L'approche du dernier terme imprime chez eux, à tous les sentimens qui ne comptent qu'avec l'avenir, une sorte de désintéressement et de grandeur touchante. On s'attendrit en acceptant leurs affections tardives comme on le ferait pour les dernières caresses d'un mourant; on les aime plus en songeant combien peu de tems il reste pour les aimer.

**

Les plaies du cœur ne sont pas moins cruelles que celles du corps, et notre vie peut aussi bien s'écouler avec nos pleurs qu'avec notre sang.

**

Le fer que conduit la haine a toujours deux tran-
chants : un pour l'ennemi, et l'autre pour nous-mêmes.

* *

Les biens terrestres s'établissent ainsi : la faiblesse
de chacun oblige tout le monde à un échange de
services et de sentiments qui fait que nous nous aimons
sans peine. Fort et puissant, tu me secoures aujour-
d'hui; qui sait si quelque jour tu ne trouveras pas une
protection dans ma faiblesse !

* *

Quiconque sème les bienfaits, récoltera les béné-
dictions; l'homme n'est pas plus méchant que la bête
fauve, et celle-ci reconnaît la main dont elle a reçu
la nourriture.

* *

Il y a, dans l'acte solennel qui lie à jamais deux
êtres sur la terre et qui les destine à vivre l'un pour
l'autre, un caractère religieux qui remue tous les
cœurs; mais c'est surtout pour un père que la béné-
diction nuptiale a quelque chose de grave et de touchant. C'est comme une abdication de tous ses droits
sur l'enfant qu'il a élevé et dont il confie désormais le
bonheur à un autre.

* *

Outre les affections du foyer qui donnent à l'individualité tout son épanouissement, il faut les amitiés de choix, qui relient au monde et empêchent d'y devenir étranger.

**

Dans la vie moderne, la solidarité est trop bien établie parmi les hommes pour qu'on puisse se désintéresser les uns des autres. Tout se touche, tout se tient.

**

La distinction entre les peuples est aussi indispensable qu'entre les individus, si l'on veut conserver à chaque groupe de l'humanité ses instincts et ses capacités spéciales. Sans doute cette distinction dégénère en rivalité; mais la multiplicité des relations, l'entrelacement des intérêts, les habitudes de bon voisinage en adouciront peu à peu l'emportement. Tenter de substituer l'humanité à la patrie, c'est vouloir qu'une pure idéalité remplace un instinct, que les spéculations de la logique l'emportent sur toutes les sollicitations de notre reconnaissance et de nos souvenirs. La chose fût-elle possible, qu'y gagneriez-vous? un amoindrissement dans la faculté de dévouement! Aujourd'hui l'homme se donne à la patrie spontanément et d'instinct; il ne se donnerait à

l'humanité qu'à la réflexion et par un effort de vertu.
Il faut au plus grand nombre des devoirs simples, visi-
bles. une affection involontaire, un but à la portée des
esprits et des bras plus courts. En voulant étendre
trop loin le sentiment de la solidarité et du dévouement vous risquez de le briser. Croyez-moi, la grande
institutrice des cœurs est encore la patrie, et c'est
elle surtout qui conserve ici-bas les traditions du courage, de la patience et du sacrifice.

*
* *

Quand des devoirs sont opposés l'un à l'autre, il
faut les accomplir dans l'ordre de leur importance, et
en préférant le devoir général au devoir particulier.

*
* *

Le bienfait n'est pas seulement un placement qui
doit profiter à celui qui le reçoit, mais l'accomplisse-
ment d'un devoir qui doit plaire à celui qui l'a accordé.

*
* *

Pour secourir quelqu'un. il suffit qu'il souffre; pour
en être récompensé, il suffit de se rappeler.

*
* *

En éducation, chaque mauvais exemple, chaque
fait mal compris, chaque parole imprudente est un
coup de lime qui enlève dans le cœur de l'enfant une

parcelle d'or. D'où vient que l'on y songe si peu ? Pourquoi seulement ces préparatifs matériels ? La créature qu'on attend, n'est-ce donc qu'un corps à défendre ? N'est-ce pas aussi une âme à former ? Je vois bien les langes et le berceau ; mais où sont les principes, la croyance ?

⁂

Employer trop souvent son autorité, c'est l'affaiblir ; souffrir qu'on y résiste, c'est l'abdiquer. La grande éducatrice est l'habitude. Quand l'enfant ne peut jamais échapper à l'ordre, il finit par l'accepter sans révolte.

⁂

Vous voulez donner le goût du travail, honorez-le par vos habitudes ; ne vous découvrez pas plus bas devant le riche oisif que devant le pauvre laborieux. Vous souhaitez par-dessus tout un cœur sincère : montrez-le par votre horreur pour le mensonge et votre mépris pour quiconque forfait à la vérité. Vous aimez la bienveillance qui croit au bien en pardonnant le mal ; retenez l'amertume de vos jugements ; éteignez vos haines secrètes. Vous croyez que le sacrifice est la source de tout ce qui se fait ici bas de courageux et de grand : dévouez-vous en silence et souriez sur la croix pour ceux que vous sauvez.

⁂

Le seul système d'éducation fructueux est celui qui passe dans nos actes, s'exprime par nos habitudes et vit en nous : c'est l'exemple !

.*.

Ce n'est pas sans dessein que Dieu a livré l'enfant à cette double influence de l'homme et de la femme. D'accord sur le but à atteindre, ils doivent différer sur les moyens; tandis que le père montre à son fils les abîmes et les escarpements du rude sentier, la mère indique au loin les ombrages sous lesquels il pourra reposer; celui-là donne le bâton ferré qui défend le voyageur; celle-ci le baiser mouillé de larmes qui le console; d'un côté, la voix ferme dit : « courage ! » — de l'autre, la voix douce dit : « Espère ! »

.*.

Là où les joies et les peines ne sont plus communes, les épanchements doivent bientôt cesser. Le moyen d'être ami quand on ne peut espérer ou se plaindre ensemble, quand les préoccupations de chaque instant vous séparent, quand le roi rêve à sa couronne et le berger à son troupeau. La parité des besoins est la première condition pour le mariage des âmes.

.*.

La vie, quelle qu'elle soit, devient à la longue difficile à porter: aussi a-t-elle été le plus terrible châtiment infligé au plus grand crime par l'imagination populaire. Pour punir le Juif qui avait insulté aux souffrances du Sauveur, elle n'a trouvé que l'immortalité terrestre! N'ayez donc ni désespoir. ni frayeur! La mort récompense la vie bien remplie; c'est alors seulement que, dégagé de nos obligations envers nos frères, nous recouvrons notre indépendance dans le sein de Dieu. On vit pour les autres, on meurt pour soi.

*
* *

Pour les époux qui ont mal vécu et ne se sont point aimés, que reste-t-il à cette heure où la solitude se fait à leur foyer! qu'ont-ils de commun ces associés de hasard, en dehors de leurs appétits? Aucun rayon du passé n'embellit le présent; ils se voient tels qu'ils sont, vieux, tristes, affaiblis et isolés.

*
* *

Qui peut lire dans les mystères des affections humaines? Quel souffle les allume, quel souffle les éteint? Le cœur de l'homme ressemble aux lacs pleins de courants sans qu'on y voit de pentes, et toujours agités sans qu'on y entende le vent.

*
* *

Le prêtre n'est qu'un canal qui sert à conduire l'eau des sources trop abondantes jusqu'aux terres stériles.

.·.

Les coups ne font point de mal quand ils ne frappent, à travers nous, aucun de ceux que nous défendons, car de notre cœur même coule un baume qui guérit, à mesure, toutes les blessures faites du dehors.

.·.

La force, c'est le hasard qui la donne, tandis que le courage vient de notre volonté.

.·.

On voit les peines des vivants et on les aide, tandis qu'on oublie les souffrances des morts, quand ils sont cachés sous l'herbe du cimetière.

.·.

Les égoïstes sont loin d'être froids, ce qui les isole des autres, ce n'est point l'insensibilité, mais bien la passion, la passion pour eux-mêmes : ils s'aiment trop pour trouver en leur cœur un reste d'affection à donner au genre humain; mais chaque fois que l'on touche à l'objet de leur culte, c'est-à-dire à eux, toutes les

puissances de leur cœur se révoltent et poussent un cri.

.*.

Il n'y a sur la terre qu'une certaine somme de plaisir, et ceux qui en veulent toujours sont obligés de voler la part des autres, quand on demande de la distraction à tout prix, il faut faire bon marché de la pitié et du devoir. L'oisiveté crée dans l'existence un vide si grand que l'on n'a point trop de tous les vices pour le remplir; les hommes ne sont alors pour nous qu'un jeu de dés dont nous nous amusons; le monde est trop pauvre en joies innocentes pour occuper toutes nos journées, et Dieu nous a donné le travail bien moins comme un joug que comme un secours.

.*.

Les bienfaits qu'on ne mérite pas ressemblent au vin que l'on boit sans soif ; ils ne donnent ni joie ni profit.

.*.

La science ressemble à la mer : plus on s'y avance plus l'horizon devient large, et plus on se sent petit.

.*.

Dans la vie domestique, la bonté peut tenir lieu de tout, mais on n'en sent le prix qu'à l'usage et lente-

ment. C'est comme l'air, comme l'eau, une chose vulgaire et qui manque de saveur.

⁂

Les cœurs les plus tendres sont aussi les plus crédules et les moins exigeants; ils se nourrissent de leur propre affection, et s'en réchauffent : c'est comme un soleil intérieur, aux rayons duquel ils s'éclairent et colorent tout ce qui est en dehors d'eux-mêmes.

⁂

Nous sommes généralement moins touchés du bien que l'on peut nous faire que de la manière dont on le fait; car si l'on apprécie la bonté pour le profit qu'on en retire, on ne l'aime guère que pour la grâce dont elle s'entoure.

⁂

Les grands cœurs s'attachent aux êtres pour lesquels ils ont souffert, les petites âmes au contraire s'en éloignent et les prennent en détestation. Elles ne comprennent point que la douleur est, après l'amour, le plus sacré des liens, et que les sûres affections ne se cimentent jamais si bien qu'avec du sang et des larmes.

⁂

Tant que nous voyons l'être aimé, nous devinons

mal ce que c'est que mourir; on ne comprend la mort que par l'absence.

*
* *

Les distractions qui nous sont apportées par les autres peuvent nous étourdir, mais dès qu'elles nous manquent l'angoisse revient aussi nouvelle et aussi poignante. Dans la solitude, au contraire, on voit la douleur face à face, on la manie, on s'y habitue; elle n'a plus bientôt à nos yeux rien de nouveau, et l'on s'en console, non pour l'avoir fuie, mais pour l'avoir épuisée.

*
* *

Les passions qui se développent dès l'enfance empruntent à l'habitude quelque chose de placide; mais celles qui se manifestent tard, et que l'on embrasse par conséquent avec toutes les forces de la vie, ont toujours un caractère particulier d'irréflexion et de violence.

*
* *

Il s'établit, à la longue, entre nous et l'auteur que nous avons choisi une sorte d'intimité qui l'associe, pour ainsi dire, à toutes nos émotions. Il semble que sa voix, comme celle d'un ami, résonne tristement ou gaiement, selon que nous le souhaitons, tandis que nous seuls varions ainsi son accent.

.·.

La seule chose que l'on puisse exiger de l'écrivain, c'est le sens du juste et du vrai, une prévention avouée pour le bien, le désir ardent et visible de voir guérir les maux qu'il raconte ! Là est son devoir.

Arles, imp. Vve Cerf, place du Sauvage, 7.